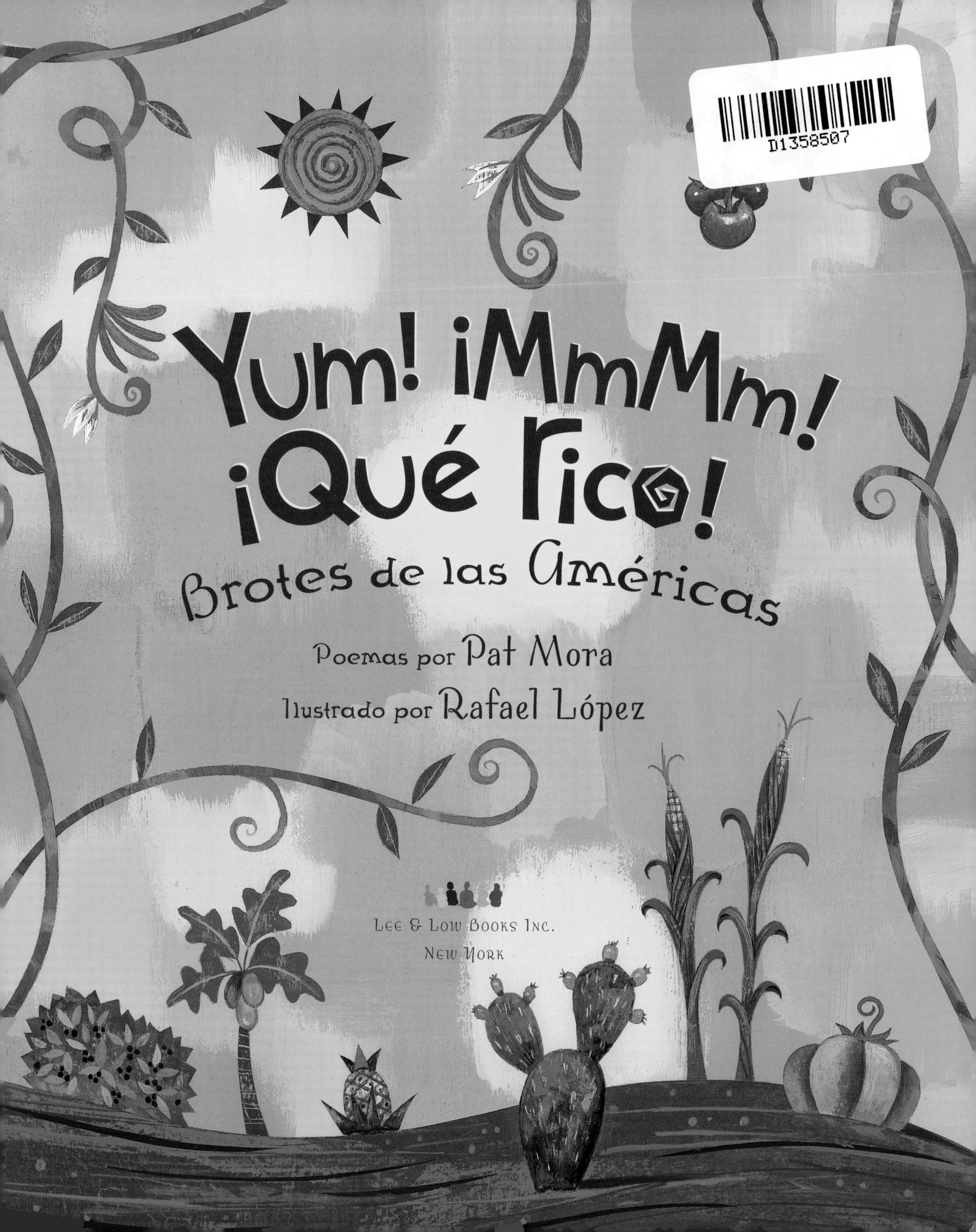
D1358507
Yum! ¡MmMm! ¡Qué rico!
Brotes de las Américas
Poemas por Pat Mora
Ilustrado por Rafael López
Lee & Low Books Inc.
New York

Agradecimientos

Agradezco a mi esposo, Vern Scarborough, profesor de antropología, quien enseña un curso sobre Orígenes de la Agricultura, y fue un asesor muy valioso y entusiasta; y Gary Paul Nabhan, escritor, conservacionista y etnobotánico, por sus libros valiosos e inspiradores y por la energía que irradia. —*P.M.*

Fuentes utilizadas

Coe, Sophie. *America's First Cuisines.* Austin: University of Texas Press, 1994.

Foster, Nelson, and Linda S. Cordell. *Chiles to Chocolate: Food the Americas Gave the World.* Tucson: University of Arizona Press, 1996.

Nabhan, Gary Paul. *Gathering the Desert.* Tucson: University of Arizona Press, 1985.

He consultado muchos otros libros, diccionarios y sitios de Internet en mi exploración sobre los orígenes de los alimentos y las palabras que se incluyen en este libro. En algunos temas, existe un consenso generalizado; en otros, diversas fuentes proponen diversas teorías. Lingüistas y botánicos continúan discutiendo e investigando estas etimologías y las historias de las plantas oriundas de cada región. —*P.M.*

Translation by Pat Mora with contributions from native
Spanish-speaking poets and authors.

LEE & LOW BOOKS Inc., 95 Madison Avenue, New York, NY 10016
leeandlow.com
Manufactured in China
Book design by Christy Hale
Book production by The Kids at Our House
The text is set in Egyptian 505 and Mex Regular
The illustrations are rendered in acrylic on wood panels
1 2 3 4 5 6 7 8 9 10 (HC) (PBK) 10 9 8 7 6 5 4 3 2 1
First Edition
Library of Congress Cataloging-in-Publication Data
Mora, Pat.
[Yum! immmm! iqué rico! Spanish]
Yum! immmm! iqué rico! : brotes de las Américas / poemas por Pat Mora ;
ilustrado por Rafael López. — 1st ed.
p. cm.
"Translated by Pat Mora with contributions from native
Spanish-speaking poets and authors"—T.p. verso.
ISBN 978-1-60060-430-0 (hc) ISBN 978-1-60060-268-9 (pbk)
1. Food—Juvenile poetry. 2. Fruit—America—Juvenile poetry.
3. Vegetables—America—Juvenile poetry. 4. Children's poetry, American—
Translations into Spanish. 5. Haiku, American—Translations into Spanish.
I. López, Rafael, ill. II. Title.
PS3563.O73Y8618 2009
811'.54—dc22 2007037017

A Chris Hazard,
una maravillosa amiga,
cocinera, y, como yo,
amante de la comida

—P.M.

Para mi madre Pillo
que hace florecer en
su cocina aromáticos
poemas de amor

—R.L.

Las moras azules son un festín delicioso y saludable. Originarias de América del Norte, los pueblos indígenas las comían frescas y secas. También las molían para hacer friegas y usarlas como medicina. Los europeos asentados en América del Norte fabricaban pintura gris hirviéndolas en leche. Los Estados Unidos son el mayor productor mundial de moras azules, fruta oficial del estado de Maine, que pueden cosecharse a mano usando rastrillos tradicionales. Planifica una fiesta en julio, el mes nacional de las moras azules.

MORA AZUL

¡Mmmm! Tu boca azul.
Tazón lleno en verano.
Mastica índigO.

Los chiles probablemente comenzaron su viaje por el mundo desde México y siguen siendo una especia favorita para sazonar en toda América. Llamado *chilli* en náhuatl, la lengua de los aztecas y uno de los idiomas vernáculos de México, la palabra cambió a *chile* en español y *chili* en inglés. Los chiles tienen una gran variedad de formas y colores y oscilan de suave a extremadamente picante. Dado que el picante de los chiles nos hace sudar, los chiles son como un aire acondicionado interior. Después de hacernos sentir calor, nos enfrían.

CHILE

Bocado verde,
lágrimas en los ojos.
—¡Qué rico fuego!

El chocolate es una planta nativa de América Central y América del Sur, aunque el origen exacto de este popular alimento se cuestiona con frecuencia. El chocolate se prepara a partir de las semillas que hay en las vainas del árbol tropical del cacao. La palabra *chocolate* viene de la palabra náhuatl *xocolatl*, que significa "agua amarga". Los aztecas tostaban las semillas del cacao, las molían y las mezclaban con agua y especias para hacer una bebida picante. Las vainas eran tan estimadas que hasta se usaban como dinero. Sí, ¡el dinero crecía en los árboles!

CHOCOLATE

Tartas, pasteles,
en tu lengua, dulzura.
Tus ojos bailan.

El **maíz** es un miembro de la familia de los cereales. Su antepasado es una hierba mexicana *teosinte*, que significa "El maíz de Dios". Este maíz silvestre fue domesticado y se convirtió en algo básico en la dieta de mucha gente. Los indígenas Pueblo del suroeste de los Estados Unidos plantaron maíz de diversos colores, incluso azul, y aún hoy se hacen ofrendas de maíz en las ceremonias de los indígenas de América del Norte. La levadura de los granos de maíz se usa como pegamento para aglutinar la tiza y los crayones.

MAÍZ

Casita verde.
Huele a tortillas, pan.
—¡La mantequilla!

El arándano rojo es una fruta agria del otoño. Es probablemente nativa de Wisconsin, donde crece la mitad de las cosechas de Estados Unidos en enredaderas de raíces trepadoras en pantanos arenosos o ciénagas. Los indígenas norteamericanos usaban los granos como alimento, tinte y medicina. Alguna gente le atribuye el nombre de grullarándano, porque a las grullas les gusta chapotear en las ciénagas buscando una merienda rojo brillante. También se les llamaba grullándalos porque sus flores rosadas en primavera parecen cabezas de grulla, y a las frutas se las llamaba osoarándanos y saltarándanos. ¿Adivinas por qué?

ARÁNDANO ROJO

Cuenta flotante.
Hierve. ¡Salta en la olla!
Rojo cohete.

La papaya, también conocida como fruta bomba, probablemente es originaria del sur de México y América Central. Crece en las zonas tropicales y subtropicales del mundo. Las papayas son huecas, con pequeñas semillas negras y brillantes. La papaína se encuentra en el líquido lechoso de las papayas todavía verdes. Se usa en varios productos, incluídos los líquidos para ablandar la carne y algunas medicinas. Cuando madura, la fruta es jugosa y dulce. La papaya, cuya forma semeja una pera gigante, puede pesar hasta veinte libras.

PAPAYA

Pruebo perfume,
verde selva frondosa.
¡Jugoso trópico!

Los cacahuates provienen de América del Sur, posiblemente de Perú o Brasil. No son realmente nueces. Al igual que los frijoles y los chícharos, son legumbres, plantas que absorben nitrógeno y enriquecen la tierra. El inventor y botánico afroamericano George Washington Carver descubrió más de trescientas formas de usarlos. En los Estados Unidos se comen al año seiscientos millones de libras de cacahuates y setecientos millones de libras de mantequilla de cacahuate. Marzo es el Mes Nacional del Cacahuate. Disfruta comiéndolos mezclados con frutas secas.

CACAHUATE

Unta jalea.
Crema de cacahuate.
Pan rico y yo.

Las pacanas crecen en árboles grandes oriundos de Texas y el norte de México. Junto a los ríos y arroyos del estado crecen cerca de un millón de ellos. El árbol de pacanas es el árbol del estado de Texas. Los colonos franceses llamaron a esta sabrosa nuez *pacane*, que significa "nuez que hay que abrir con una roca". Originalmente se cosechaban tirándoles palos a los árboles, para hacerlas caer. El pastel de pacanas es un postre tradicional del sur de los Estados Unidos.

PACANA

Hora del cuento,

cáscaras duras, nueces,

crujiente otoño.

La piña es una fruta tropical originaria de Paraguay y el sur de Brasil. Es la fruta más cosechada en Puerto Rico, aunque las de Hawai son también apreciadas por su sabor. La piñas son bromeliáceas. Tienen duras hojas superpuestas de consistencia similar a la cera, que recogen y conservan el agua. Se la llama *piña*, por parecerse a la piña o fruta del pino. Los hoteles y hosterías muchas veces tienen decoraciones con forma de piña, porque esta fruta es un símbolo de la hospitalidad.

PIÑA

Sombrero firme.
Dentro piel espinosa,
dulces anillos.

Las papas son oriundas de América del Sur, de las montañas de los Andes en Perú, Bolivia y Ecuador. Los aimaras, pueblo indígena de Bolivia, desarrollaron más de doscientas variedades de papas. Y los indígenas de Perú tienen más de doscientos nombres para sus variedades. Las papas son el cuarto alimento más consumido en el mundo, después del trigo, el maíz y el arroz. Las papas son nutritivas y pueden ser rojas, moradas, rosadas, amarillas y hasta listadas. En 1995, la papa se convirtió en la primera verdura cultivada en el espacio.

PAPA

Magia enterrada.
Cúbrela con nubes de
sal y pimienta.

La tuna puede ser oriunda de México, pero no se sabe su verdadero origen. Los indígenas del suroeste de los Estados Unidos comían las tunas crudas, cocinadas y secas. Los nopales o pencas verdes son ramas modificadas, no hojas. Se sirven, como verdura, como los ejotes, cortadas en tiras, una vez que se les ha quitado cuidadosamente las espinas y la piel. Es difícil cosechar las rojas tunas. Se usan para hacer jugo, jaleas y dulces.

TUNA

¡Roja sorpresa!
Milagro del desierto,
jarabe y dulces.

Las calabazas, de la familia de los pepinos, melones y calabacines, son oriundas de la América Central. *Pumpkin*, su nombre en inglés, viene del griego *pepon*, melón grande. Algunos indígenas norteamericanos tejían alfombras con tiras de calabaza seca y comían sus semillas tostadas. Antiguamente se creía que la calabaza quitaba las pecas y curaba las picaduras de serpientes. La mayoría de las que se venden hoy en día en los Estados Unidos son para decoraciones, por ejemplo para "Halloween". ¡Hasta el 2006 la calabaza más grande conocida pesaba 1,502 libras!

CALABAZA

Bajo la luna,
la cara del otoño.
Anaranjada.

Los tomates posiblemente se originaron en Perú o en México. Se comen como verduras, pero técnicamente son frutas. En 1893 la Corte Suprema de los Estados Unidos decidió que, como los tomates se comían usualmente como verduras, debían pagar el impuesto del gobierno a las verduras importadas. En una época se pensaba que los tomates eran venenosos, pero hoy se los considera uno de los alimentos más apreciados. Los hay de muchos colores: rojos, amarillos, anaranjados, verdes, morados y blancos. ¿Puedes imaginarte una pizza sin puré de tomate o tacos sin salsa de tomate?

TOMATE

Gordinflón rojo
salpica con semillas.
Un reventón.

La vainilla se extrae de la fruta de una enredadera de la familia de las orquídeas, oriunda de áreas tropicales en México y otras partes de las Américas. La fruta es una vaina llena de semillas negras. Los Totonac, un pueblo indígena de México, descubrieron cómo procesar las vainas y utilizaron el extracto como perfume, sazonador, medicina y repelente de insectos. Hoy en día los Estados Unidos es el mayor consumidor mundial de vainilla, usada sobre todo en alimentos y bebidas. Julio es el mes nacional del helado. ¿Cuál es el sabor más popular? ¡La vainilla, por supuesto!

VAINILLA

Lame tu cono.
Blanco río corriendo.
Tu risa, fresca.

QUERIDOS LECTORES:

Vamos a recolectar todas estas comidas sabrosas en una rima para saltar a la cuerda o para acompañarla con palmas.

Moras azules, arándanos rojos y una fiesta de tunas,
tomates, chiles, maíz; pica salsa picante.
Lima para la papaya, crema para la calabaza,
para las papas—¡mantequilla!
Yum! ¡Vainilla! ¡Cacahuates! Chocolate. ¡Mmmm! ¡Qué rico!

Me gusta la variedad, ¿a ti no? Me gustan pensamientos y rosas, loros y palomas, gatitos y elefantes, las manzanas y el queso, el español y el inglés. Me gusta la diversidad en la gente y en la poesía. Disfruté mucho escribiendo mi primer libro de haikus, maravillosos poemas de diecisiete sílabas de origen japonés. El haiku invita a saltar de imagen en imagen. Como también quería escribir sobre las frutas nativas de las Américas, combiné ambos intereses en este libro sobre los alimentos que brotaron antes de que las Américas se dividieran en países.

Los científicos todavía debaten el origen exacto de varias plantas como el arándano rojo, el maíz, el cacao y las tunas. Lo que sí sabemos es que estas plantas eran disfrutadas por las gentes de las Américas mucho antes de que Cristóbal Colón o cualquier otro europeo hubiera probado tan maravillosos alimentos. La variedad del mundo es sorprendente. Y deliciosa.

Pat Mora